Y0-AZG-648

A mi querido nieto Pablo Gómez Navarro

Conoce nuestros productos en esta página, danos tu opinión y descárgate gratis nuestro catálogo.

www.everest.es

Dirección Editorial: Raquel López Varela
Coordinación Editorial: Ana María García Alonso
Maquetación: Carmen García Rodríguez
             Cristina A. Rejas Manzanera
Ilustraciones: Esther Pérez-Cuadrado
             y Malena Fuentes Alzú
Diseño de cubierta: Francisco Antonio Morais y Darrell Smith

Reservados todos los derechos de uso de este ejemplar. Su infracción puede ser constitutiva de delito contra la propiedad intelectual. Prohibida su reproducción total o parcial, distribución, comunicación pública, puesta a disposición, tratamiento informático, transformación en sus más amplios términos o transmisión sin permiso previo y por escrito. Para fotocopiar o escanear algún fragmento, debe solicitarse autorización a EVEREST (info@everest.es) como titular de la obra, o a la entidad de gestión de derechos CEDRO (Centro Español de Derechos Reprográficos, www.cedro.org).

© del texto, Antonio A. Gómez Yebra
© de la ilustración, Esther Pérez-Cuadrado y Malena Fuentes Alzú
© EDITORIAL EVEREST, S. A.
Carretera León-La Coruña, km 5
ISBN: 978-84-441-4919-6
Depósito legal: LE. 877-2013
Printed in Spain - Impreso en España

EDITORIAL EVERGRÁFICAS, S. L.
Carretera León-La Coruña, km 5
LEÓN (España)
Atención al cliente: 902 123 400

¡Ojos, mano o pie? Adivina qué es

Antonio A. Gómez Yebra

Ilustrado por Esther Pérez-Cuadrado y Malena Fuentes Alzú

everest

Tiene alguna que otra pieza,
dura y blanda, la **CABEZA**.

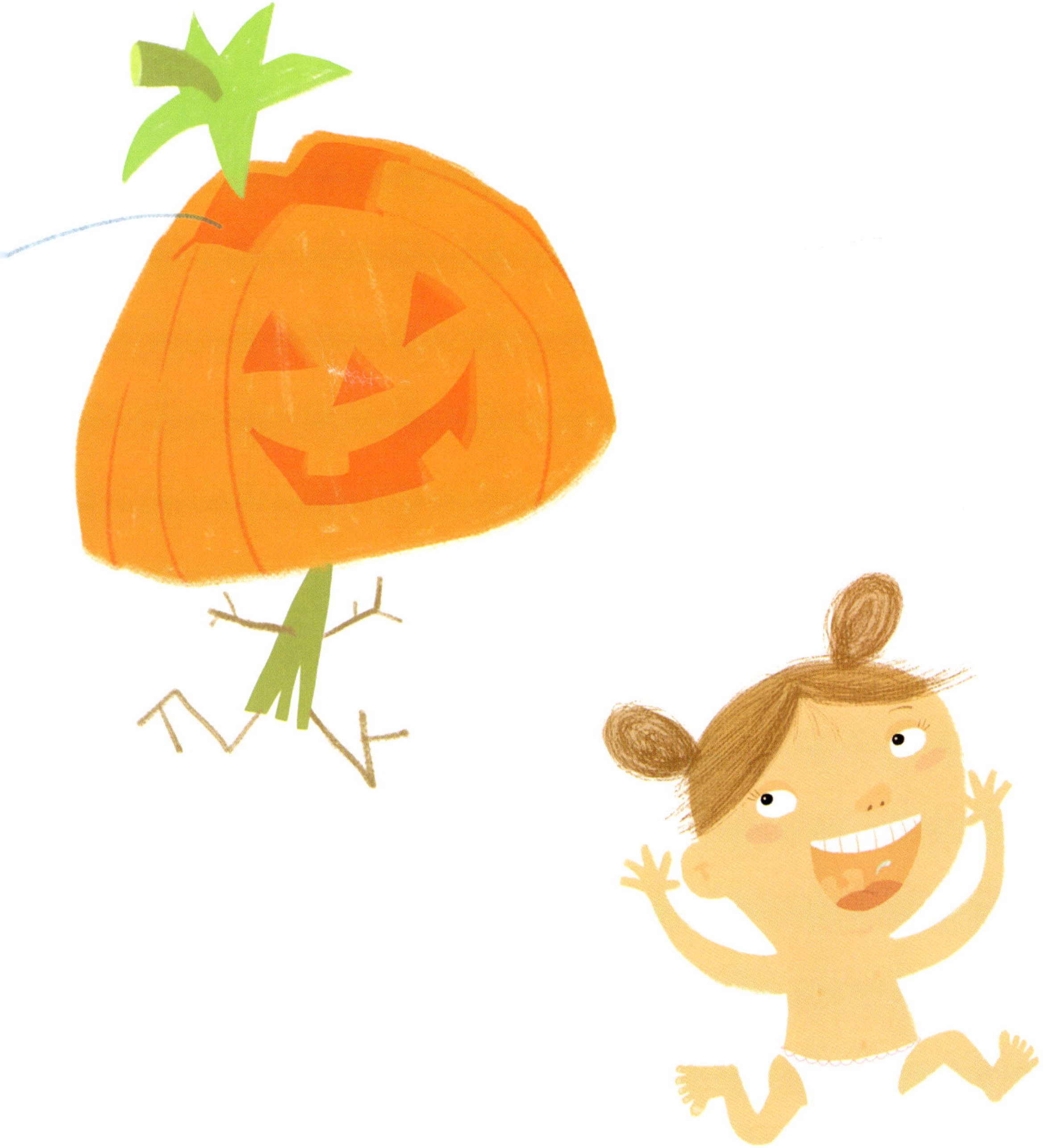

ESTÁ CUBIERTA DE PELO,
SOBRE TODO EN LA MUJER,
SI DAS CON ELLA EN EL SUELO,
UN CHICHÓN VAS A TENER.

TE SIRVEN PARA ESCUCHAR
LO QUE COMENTA LA GENTE,
Y TAMBIÉN PARA COLGAR
ALGÚN QUE OTRO PENDIENTE.

LACIO O RIZADO, TE CRECE
DE LA NOCHE A LA MAÑANA,
Y SI ES BLANCO ME PARECE
QUE ENTONCES SE LLAMA CANA.

ES LARGO EL DE LA JIRAFA,
ES MEDIANO EL DEL CAMELLO,
Y TANTO TÚ COMO RAFA
TENÉIS BIEN CORTITO EL _____.

ES UNA FRUTA CON CÁSCARA
MUY DURA Y MUY RESISTENTE,
Y UN BULTO QUE ESTÁ EN EL CUELLO
DE LOS HOMBRES SOLAMENTE.

SOLO LO DIGO UNA VEZ:
ES EN DONDE TODO EMPIEZA,
LO LLEVAS EN LA CABEZA
Y TIENE FORMA DE NUEZ.

LA VES EN EL CARAMELO,
TAMBIÉN EN LA CARACOLA,
EN LA MÁSCARA SIN PELO,
Y EN LA CABEZA DE LOLA.

DEBAJO ESTÁ DE LA BOCA,
Y PUEDE LLEVAR PERILLA,
DEBAJO ESTÁ DE LA BOCA,
LA BAR..., LA BAR..., LA BAR_____.

EN EL CENTRO DE LA CARA
Y TIENE DOS AGUJEROS,
A VECES MOCOS DISPARA
Y NECESITA PAÑUELOS.

PELOS PEQUEÑOS,
SIEMPRE PEINADOS,
SOBRE LOS OJOS
BIEN COLOCADOS.

UNA ESPECIE DE PERSIANAS
QUE AL OJO QUIEREN SERVIR:
SE ABREN TODAS LAS MAÑANAS,
SE CIERRAN PARA DORMIR.

ABANICO ALREDEDOR
DE LOS OJOS DE CUALQUIERA,
QUE NO DEJA QUE EL SUDOR
LOS MOLESTE NI LOS HIERA.

ESAS DOS VENTANAS
CON QUE VES LAS COSAS,
ESAS DOS VENTANAS
QUE SON TAN HERMOSAS.

A LA PUERTA DE LA BOCA
HAY DOS SABIOS,
AMBOS TIENEN COLOR ROSA:
SON LOS _____.

UNA SEÑORITA
LLEVAS EN LA BOCA
QUE SIEMPRE SE AGITA
Y HABLA COMO LOCA.

ALGO ASÍ COMO UNA CUEVA
POR DONDE ENTRA LA COMIDA,
ES ALLÍ DONDE SE PRUEBA,
DE ALLÍ SALE BIEN MOLIDA.

UNA PEQUEÑA CAMPANA
MUY CERCA DE LA GARGANTA,
UNA PEQUEÑA CAMPANA
QUE NO TOCA, QUE NO CANTA.

UNAS BLANCAS DAMISELAS
QUE CASI DE MARFIL SON,
SI LAS PIERDEN LAS ABUELAS
NO PUEDEN COMER TURRÓN.

UNOS CORTAN, OTROS ROEN,
Y NINGUNO ESTÁ EN REPOSO,
EL RATÓN QUE SE LOS LLEVA
NO ES UN RATÓN PEREZOSO.

LOS TIENE CADA ELEFANTE,
Y LOS VAMPIROS TAMBIÉN,
EN LA BOCA ESTÁN DELANTE,
TE SIRVEN PARA COMER.

ES AGUA UN POCO SALADA,
MOJA TODA LA COMIDA,
EN LOS BEBÉS ES SU BABA
EN LOS MAYORES, SA_____.

En el **TRONCO** de las gentes

hay órganos diferentes.

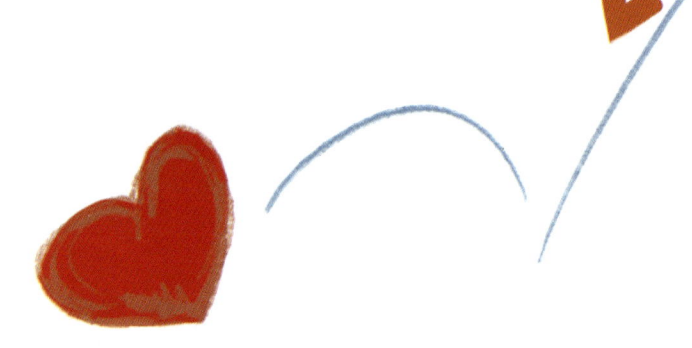

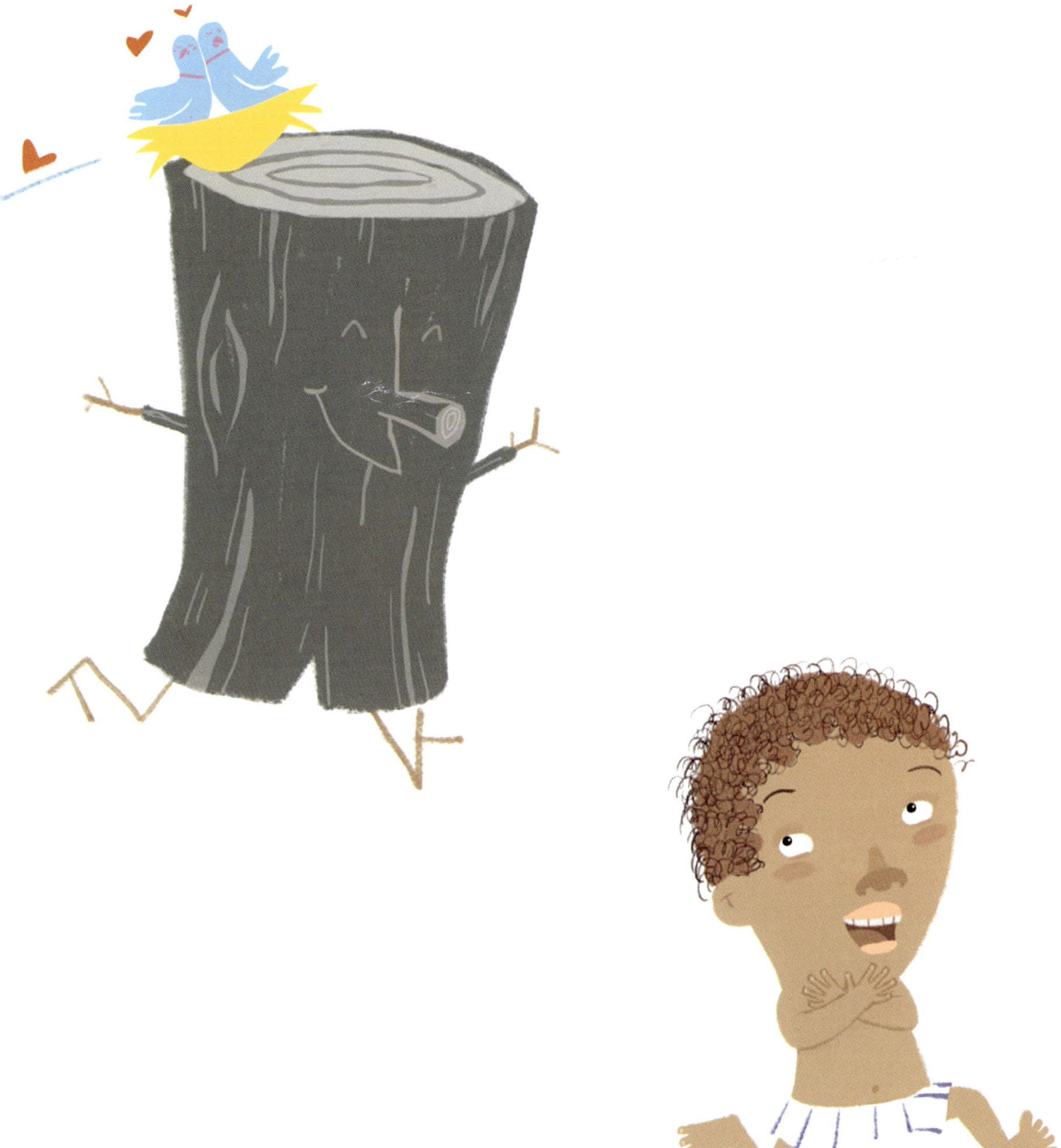

LO VEO SI A TI ME ACERCO
O SI A MÍ MISMO ME MIRO,
TIENE LAS LETRAS DEL PUERCO
PERO HAS DE DARLE ALGÚN GIRO.

CASI SON COMO LOS HOMBRES,
SOLO TIENES QUE CAMBIAR
UNA **E** POR UNA **O**
Y ASÍ LOS DESCUBRIRÁS.

SE TAPA CON CAMISETA,
CON PANTALÓN O JERSÉIS,
LA FALDA A VECES LA APRIETA,
Y CASI NUNCA LA VEIS.

ESTÁ EN EL CENTRO DEL CUERPO,
LA RODEA EL CINTURÓN,
DESDE ELLA BAJA LA FALDA,
Y A VECES EL PANTALÓN.

UNA BOLSA ADONDE LLEGA
MASTICADA LA COMIDA,
UNA ESPECIE DE TALEGA
QUE LA DEJA DERRETIDA.

ES UN PUNTITO REDONDO
EN MEDIO DE LA BARRIGA,
ESE PUNTITO LO ESCONDO
PORQUE ASÍ ES COMO SE ABRIGA.

LATE, LATE, LATE, LATE,
LATE SIEMPRE AL MISMO SON,
ES DEL COLOR DEL TOMATE
NUESTRO ALEGRE _____.

SON DOS BOLSAS DE AIRE LLENAS,
EN MEDIO DEL PECHO ESTÁN,
SON DOS BOLSAS BIEN RELLENAS,
SIRVEN PARA RESPIRAR.

EXTREMIDADES hay varias

en deporte necesarias.

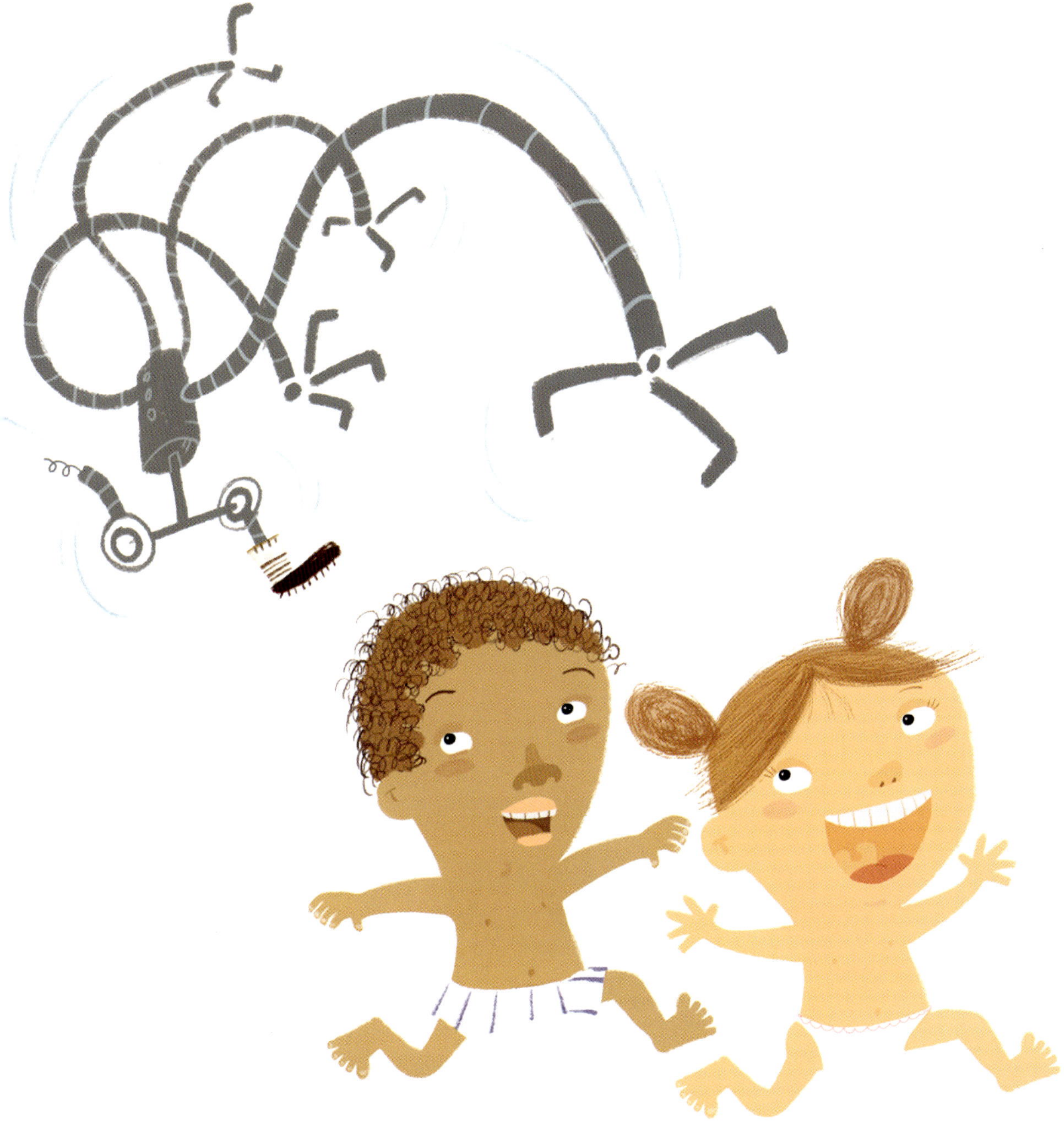

UNO TIENE CADA BRAZO,
JUSTO, JUSTO, EN LA MITAD,
CON ÉL TE DAN UN CODAZO,
QUE TE DUELE DE VERDAD.

SIRVE PARA CAMINAR,
SE DOBLA POR LA RODILLA,
ES DUEÑA DE LA ESPINILLA,
TAMBIÉN DE LA PANTORRILLA,
Y AL FÚTBOL TE HACE JUGAR.

NACE EN EL HOMBRO,
ES ALARGADO,
Y POR EL CODO
ESTÁ DOBLADO.

SON DOS HERMANAS GEMELAS
QUE SIRVEN PARA APLAUDIR,
AUNQUE CON ELLAS NO VUELAS,
NO TE SUELES ABURRIR.

TIENE NOMBRE DE JUGUETE,
AUNQUE ES DE CARNE Y DE HUESOS,
TIENE NOMBRE DE JUGUETE
AL QUE LA NIÑA DA BESOS.

RASCAN, ARAÑAN Y CRECEN
SIN PARAR.
TENEMOS VEINTE Y PARECEN
PEQUEÑAS CONCHAS DEL MAR.

ES EL DEDO QUE SEÑALA,
TAMBIÉN EL QUE TODO INDICA,
ES EL DEDO QUE TE RASCA
CUANDO HAY ALGO QUE TE PICA.

VA EN ELLOS ALGÚN ANILLO,
Y SOLO TENEMOS DOS,
JUNTO AL DEDO CHIQUITILLO,
AL LADO DEL CORAZÓN.

¿QUÉ PUEDEN SER, QUÉ SERÁN,
QUE SOLO HAY DIEZ EN LAS MANOS
PERO SON VEINTE EN TOTAL?

ES EL MÁS LARGO Y DERECHO
DE CINCO HERMANOS;
NO LO ENCUENTRAS EN EL PECHO,
SINO EN LAS MANOS.

DE CINCO HERMANOS
ES EL GORDITO,
ESTÁ EN LAS MANOS
DE MANOLITO.

SON CINCO HERMANOS
Y ES EL PEQUEÑO.
ESTÁ EN LAS MANOS
MUERTO DE SUEÑO.

ESTÁ EN MITAD DE LA PIERNA,
LE SIRVE PARA DOBLARSE,
ESTÁ EN MITAD DE LA PIERNA,
Y NO DEBE OLVIDARSE.

MÁS ARRIBA DEL TALÓN,
POR DETRÁS DE LA ESPINILLA,
SE ESCONDE EN EL PANTALÓN,
Y SE LLAMA PANTO_____.

DEBAJO DE TODO ESTÁ,
CON TRES LETRAS SE SOSTIENE,
TODO EL MUNDO CON ÉL VA,
TODO EL MUNDO CON ÉL VIENE.

ES UNA PARTE DEL PIE,
QUE PUEDES LOCALIZAR:
SI TIENES UN PANTALÓN,
QUÍTALE TODO SU PAN.

ENTRE LA PIERNA Y EL PIE
HAY UN DOBLE MONTECILLO.
ENTRE LA PIERNA Y EL PIE
SE ENCUENTRA NUESTRO TO_____.

Por **DENTRO** y por **FUERA** están
partes que nos servirán.

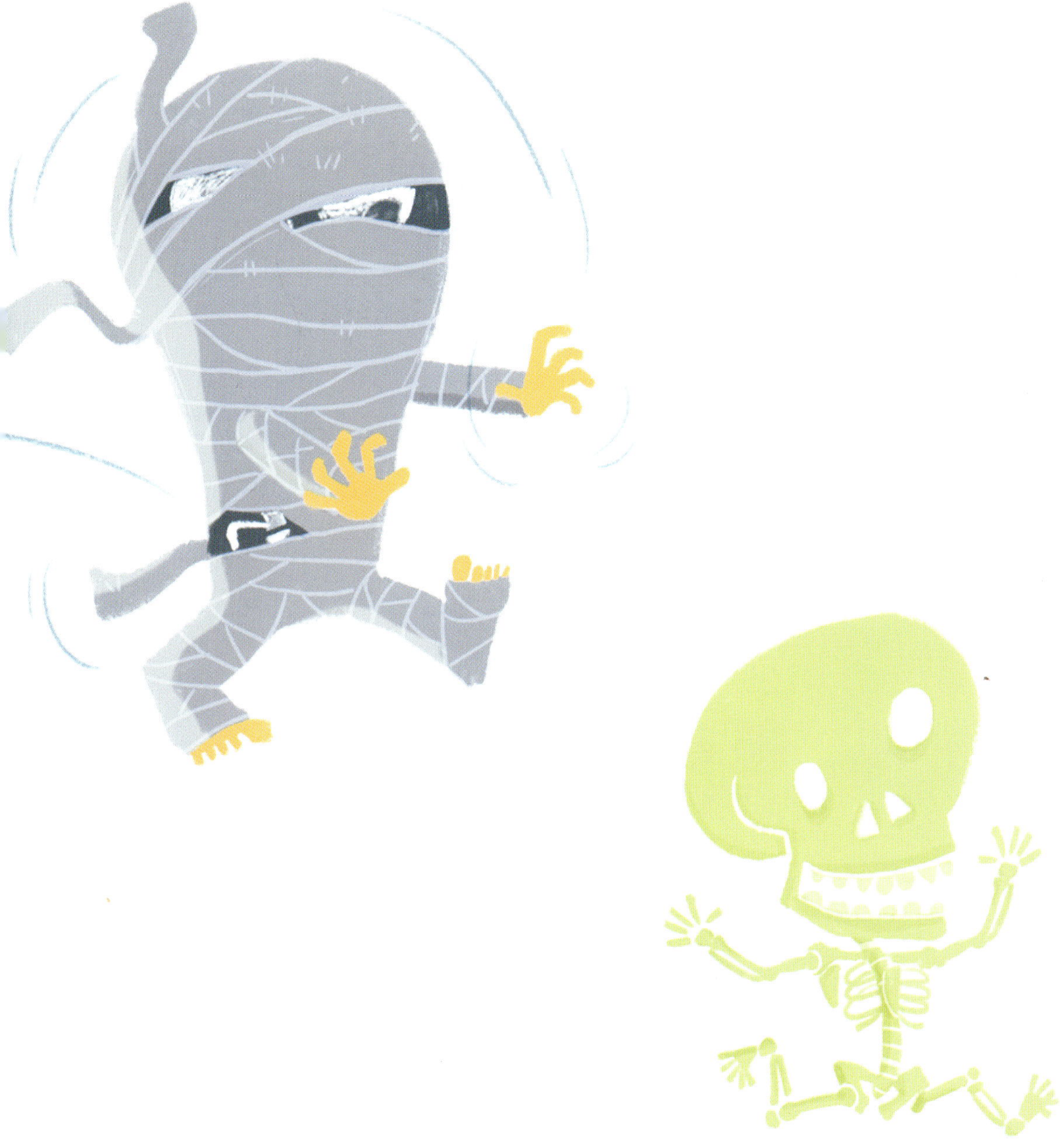

ES QUE LE TOCÓ BAILAR
CON UNA MONA EN LA FIESTA,
Y NO LO DEJÓ PARAR
NI PARA DORMIR LA SIESTA.
¡POBRE PACO,
ASÍ SE QUEDÓ TAN FLACO!

UNA ESTUPENDA COLUMNA
VERTICAL,
UNA ESTUPENDA COLUMNA,
LA COLUMNA _____.

BLANCOS SON, ALGUNOS, LARGOS,
Y SOSTIENEN NUESTRO CUERPO.
LAS BANDERAS DE PIRATAS
LOS DIBUJAN EN SU CENTRO.

UNOS TUBOS DELGADÍSIMOS
QUE DENTRO DEL CUERPO ESTÁN,
SON UNOS TUBOS FINÍSIMOS
POR DONDE LA SANGRE VA.

LÍQUIDO ROJO, DE VIDA,
QUE RECORRE TODO EL CUERPO,
SE SALE POR CADA HERIDA,
TODOS, TODOS LO TENEMOS.

PUEDEN SER ENORMES,
Y TAMBIÉN MINÚSCULOS,
TIENEN MUCHA FUERZA,
ELLOS SON LOS M_____.

EL VESTIDO NATURAL
DE LA MUJER Y DEL HOMBRE,
EL ABRIGO MÁS NORMAL,
Y TIENE MUY CORTO EL NOMBRE.

1 • Dedo anular (pág. 32) 2 • La barbilla (pág. 10) 3 • La barriga (pág. 22)
4 • La boca (pág. 15) 5 • El brazo (pág. 29) 6 • La cabeza (pág. 6) 7 • La campanilla (pág. 15) 8 • La cara (pág. 10) 9 • Las cejas (pág. 12) 10 • El cerebro (pág. 9)
11 • La cintura (pág. 23) 12 • El codo (pág. 28) 13 • Los colmillos (pág. 17)
14 • La columna vertebral (pág. 41) 15 • El corazón (pág. 24) 16 • Dedo corazón (pág. 33) 17 • El cuello (pág. 8) 18 • El cuerpo (pág. 20) 19 • Los dedos (pág. 32)
20 • Los dientes (pág. 16) 21 • El esqueleto (pág. 40) 22 • El estómago (pág. 23)
23 • Los hombros (pág. 21) 24 • Los huesos (pág. 41) 25 • Dedo índice (pág. 32)

26 • Los labios (pág. 14) 27 • La lengua (pág. 14) 28 • Las manos (pág. 30) 29 • Dedo meñique (pág. 33) 30 • Las muelas (pág. 16) 31 • La muñeca (pág. 31) 32 • Los músculos (pág. 44) 33 • La nariz (pág. 11) 34 • La nuez (pág. 9) 35 • Los ojos (pág. 13) 36 • El ombligo (pág. 24) 37 • Las orejas (pág. 7) 38 • La pantorrilla (pág. 35) 39 • Los párpados (pág. 12) 40 • El pelo (pág. 7) 41 • Las pestañas (pág. 13) 42 • El pie (pág. 36) 43 • La piel (pág. 45) 44 • La pierna (pág.29) 45 • Dedo pulgar (pág. 33) 46 • Los pulmones (pág. 25) 47 • La rodilla (pág. 34) 48 • La saliva (pág. 17) 49 • La sangre (pág. 43) 50 • El talón (pág. 36) 51 • El tobillo (pág. 37) 52 • Las uñas (pág. 31) 53 • Las venas (pág. 42)

WITHDRAWN